KB188314

청어詩人選 462

꽃구름 마차

김정훈 시집

청어

꽃구름 마차

김정훈 지음

발행처   도서출판 청어
발행인   이영철
영업   이동호
홍보   천성래
기획   육재섭
편집   이설빈
디자인   이수빈 | 김영은
제작이사 공병한
인쇄   두리터

등록   1999년 5월 3일
          (제321-3210000251001999000063호)

1판 1쇄 발행 2024년 10월 20일

주소   서울특별시 서초구 남부순환로 364길 8-15 동일빌딩 2층
대표전화 02-586-0477
팩시밀리 0303-0942-0478
홈페이지 www.chungeobook.com
E-mail   ppi20@hanmail.net

ISBN   979-11-6855-287-6(03810)

차례

1부 9회말 투아웃 만루 상황

3부 텅 빈 거리 끝에서

9회말 투아웃
만루 상황

가축혁명*

　어느 시골 마을에 농부가 소와 돼지와 닭과 양 떼를
기르고
　있었습니다 소가 말하기를 주인이 여물은 듬뿍 주는데
　항상 일만 시키고 결국 먹잇감으로 도살장에 끌려다닐
　신세라면서 불만입니다 돼지가 말하기를 자기는 영
리하고
　새끼를 많이 낳는데 돼지농장에서 냄새가 많이 나 사
람들이
　싫어하고 결국 도살장에 끌려갈 것이라며 불만입니다
　닭 역시 새벽을 깨우는 꼬꼬댁 소리를 내며 잠을 깨
우지만
　결국 주인이 달걀을 가져가고 잡아먹을 것이라며 불만
입니다
　양 떼 역시 음애~~ 음애~~ 즐겁고 유쾌한 소리를 내
는데
　주인이 결국 양털을 뽑아버리고 잡아먹을 거라며 불만
입니다

그러자 소, 돼지, 닭, 양 떼들이 가축권리위원회를 소집
하여
　　그 농부를 추방해 버렸습니다 그러고는 제1차 가축민
주공화제를
　　소집하여 가축 중에서 가장 영리한 어느 돼지를 총리로
뽑았습니다

*조지오웰의 동물농장에서 착안했음

강자에 신음하는 약자

세상을 살다 보면 나와 남,
타인들이 있기 마련이다

수많은 약자 속에 강자가
세상을 이리저리 휘저으며
전쟁터의 전리품을 빼앗듯
약탈한다

유도 시합에서 한판승을
하며 포효하는 승자 뒤에는
약자인 패자가 있기 마련이다

물건을 팔아 떼돈을 버는
경제적 강자에게는 근근이
생활고에 시달리며 물건을 사가는
경제적 약자가 있다

저 동물들의 약육강식 세계를 보라!
초목을 뜯으며 유유히 지내는 초식동물을
포효하듯 달려들어 핏기 어린 살점을
뜯어 먹는 맹금류의 잔인함

순하고 여린 약자에 세상을 지배하는
강자가 있기에 이 세상은 냉혹하기
그지없다

3분 27초

신세계 백화점 아쿠아리움에서
부모와 다정히 온 아이들이
인어아가씨 수중쇼를 보려고
자리에 깔개를 얹고 기다리고 있다

서구적 마스크에 키가 크고
날씬한 빨간 지느러미의 인어아가씨가
수족관 맨 위에서 내려온다

허리를 움직여 헤엄칠 때 돌고래도
가오리도 푸르고 노란 띠 두른 열대어도
함께 솟구쳤다 가라앉았다 한다
그녀는 수족관 밑부분까지
내려와 흰 모래를 한 줌 입에 갖다 대며
물속에 흩뿌리며 막 손을 흔든다

그 순간
관람객들도 신이 나 같이 손을 흔든다

저 분홍 지느러미가 감미로운 음악을 따라
허리를 유연히 움직이며 수족관의
온갖 물고기와 조화를 이루며
화려하고 마법같은 장관을 이루는

3분 27초가 날씬한 아가씨의 수중 호흡의
한계라는 걸 사람들은 알까!
좋아라 웃으며 박수 치고 환호할 때
무대 뒤의 가쁜 호흡으로 맥없이 누워 있을 그녀 모
습을…

9회말 투아웃 만루 상황

4대 5로 지고 있는 A팀 공격의
9회말 투아웃 만루 상황

B팀의 수비 상황에 관중들은
환호에 젖어 흥분해 있다

A팀의 7(lucky seven)번 타자 v가 교체된 투수 s의
타석에 들어서면서 투구를 기다린다

투수 s가 몸을 제대로 풀지 못해
타자 v는 컨트롤 난조로 연거푸
볼을 두 개나 던진다

마음을 가다듬은 투수 s가
바깥쪽 약간 높이 속구로 던졌는데
타자 v가 헛스윙한다
하지만 투수 s는 긴장의 끈을 늦추지
못하고 있다…

투수 s가 허를 찌르는, 안쪽으로 볼로
유도해 타자 v가 아찔해하며 bat도
휘두르지 못하고 망연자실해 한다

two ball two strike 상황

득의양양한 투수 s는 high fast ball*을
던져 헛스윙을 유도하려고 투혼을 불사르며
throwing 하며 환호의 감격에 젖으려 했다

high fast ball을 던질 ball combination,
직감을 한 타자 v는 bat를 높게 휘둘러 좌익수와
2루수 사이를 꿰뚫는 내야안타로
2타점을 장식해 6 대 4로 역전승을 거둔다

baseball 세계에는 기적과 변수와
같은 오묘한 짜릿함이 있어 관중들과
시청자로 들끓고 있다

*투수가 높고 빠르게 던지는 ball

재수생 입시 학원과 그 참 의미

혹독하고 가혹하기 그지없는 고3 시절을 보내고
원하는 대학과 학과에 입학하지 못 해
쓸모없는 짐들인 양 존재 가치를 상실한 재수생에게
용기와 기회를 주던, 내가 1991년도에 다니던
재수생 입시 학원

만점 중 몇 점을 받아야 모 대학 모 학과에
갈 수 있다고 채찍질하듯 말씀하시던
재수생 입시 학원 선생님

모의고사를 칠 때마다 성적의 노예가 되어
눈물을 흘리고 풀이 죽어서 앞으로의 인생을
비관하고 불운해하며 존재 가치를 상실한
대다수의 재수생 입시 학원생

모의고사를 칠 때마다 과도한 스트레스를 견디다 못해
매번 화장실에 들러 시험에 대한 부담감을 느끼는
또래의 클래스메이트

고등학교를 갓 졸업한 예비 사회인 신분으로
행여나 데모나 시위 무리에 접근하지 말라고
지시해 주던 학원 선생님들

왜 우리에게는 대학입시라는 무겁기 무거운
짐을 씌우는지 도대체 학문이 무엇이며
장래에 가지게 되는 직업이 무엇인지
인생의 묘연한 행방을 모르는 요지경 같은
재수생 입시 학원

그 시절 느끼게 하는 것
공부를 열심히 하면
지나가는 세월이 참 존재의 의미였음을…
무의미 속에서 참 존재를 받아들임이
바로 참 존재라는 사실을…

영업직 사원의 비애

이십만 원대 정도의 번쩍이는
가죽가방에 매무새 나는
양복을 입고 버스나 지하철
교통수단을 이용해 사무실로
출근하는 영업직 사원

영업직 일을 하는 것이
특별한 기술을 요하거나
별다른 힘을 쓰는 게 아니어서
쉬워 보이는 것 같지만 실상은
그야말로 3D업종

안내문을 보이며 제품 설명을 하는데
까다로운 성미를 부리거나
전문적인 수준의 지식을 요구하는
difficulty한 예비 고객들?

상인들 돈은 개도 물고 다니지 않는다
자존심을 구기고 분노를 삭이며
수모를 견뎌야 하는 dirty한 심정

별다른 성과 없이 버스, 지하철
요금에 허영을 치장하는
겉만 번드르르한 차림새

근근이 끼니로 편의점에서 컵라면을 축내며
생계의 위협에 제 살 깎기식
dangerous한 실상

말솜씨에 울고 돈에 울고 차비에 울고
밥값에 울고 비아냥거림에 울고 얼굴
팔림에 울고…

영업직 사원은 모든 게 슬퍼 보여 울고 싶다

일용직 건설근로자 체험

어느 추운 겨울날 새벽 대여섯 시
사내들이 구멍 난 철통에 모닥불을 지피고 있었습니다
한파에 낡고 초라한 파카와 워커 차림의 비정규직 막일
꾼들이
담배를 피워대고 있었습니다
오늘은 어디서 일할까 배정받기를 기다립니다
어느새 차량이 와서 인부를 싣고 건설 현장에 도착했
습니다
탈의실이 없어 도롯가에서 속옷만 입은 채 작업복으로
갈아입었습니다
신축 아파트 옥상에서 전달만 하면 된다는 말에 올라
가 보았습니다
아뿔싸! 무거운 철판을 옥상 바로 밑
건물 제일 위층에 건네주는 일이었습니다
하마터면 큰일이 날 뻔했습니다
나는 근력이 별로 없었습니다
철판을 옮길 때 힘에 겨워 엄지발가락에 피멍이 들 지
경이었습니다
철판을 교대로 옮기는 일이 아예 죽어버리면 죽어버렸지

너무 힘들어 죽고 싶은 심정이었습니다

그때 노가다 고참이 힘에 겨워하는 나에게 하는 말

"씨발아, 계단에서 내려가서 막걸리와 안주, 간식거리
좀 사오거라."

일이 끝나갈 즈음 건설사 직원에게 뭔가 말을 건 것 같
습니다

내 말은 아예 들은 척도 하지 않고 무시해버렸습니다

일이 끝나고 어둠이 깔렸습니다

건설인부 사무실에서 40여 분 기다려

단돈 5만 원을 받았습니다(당시 2005년)

그 돈을 받을 때의 심정이란 내가 돈의 노예가 된 것
같았습니다

나는 그 돈으로 눈물 젖은 빵을 먹기 위해

예금통장에 고이 모셔 놨습니다

그 후로 '돈이란 참 무서운 것이다' 느꼈습니다

정신병동

그곳은 고요와 침묵이 흐르는 곳
대체로 주위의 사람들은 조용하다 못해
적적하다

가끔씩 주거니 받거니
말다툼하고 난동을 부리는 a와 b

점잖다 못해 차분하고 고요하게 지내며
스마트폰으로 음악을 즐기는 c

느닷없이 소리를 꿱꿱 지르며
불안하다 못해 어쩔 줄 몰라 하는 d

아무 이유 없이 동네에 길 가다 마주친
노인을 목 졸라 병동에 들어온 e

보이지도 들리지도 않는
환시와 환청에 시달리는 f

아무도 알아주지 않는 말을
혼자서 지껄이는 g

이유 없이 우울해져 자살소동을 일으켜
병동에 입원한 h

정신병동에서는
환자의 정서를 순화시키기 위한
클래식 음악소리가 들려온다

이제는 수면제를 먹고
잠을 청해야 하는 밤

내일은 오늘과 다른 일과가 되도록
조용히 하루가 지나간다

조연배우와 주연배우

주연배우가
"나는 외모가 돋보여 주연배우가 됐다"말한다

조연배우가
"나는 외모가 주연배우만 못 하지만
익살스럽고 유머러스하고 연기력이 돋보여
조연배우가 됐다"말한다

주연배우가
"나는 인기가 많지만 출연 섭외가 뜸해
한가하고 심심해서 혼자 술과 담배를 즐겨한다"말한다

조연배우가
"나는 주연배우만큼 인기는 없지만
출연 섭외가 비교적 뜸하고
나의 개성을 알아주는 동료 친구가 많아 가끔씩
여행다니며 삶의 한적함을 만끽해 즐겁다"말한다

주연배우가
"나는 출연할 때 개런티가 상당해서
그 돈으로 유행하는 옷과 구두와 악세사리를 구입하고
호화스럽게 살아서 늘 돈 걱정을 한다" 말한다

조연배우가
"나는 출연할 때 개런티가 적지만
소박하고 검소하고 실속 있게 살지만 참 개성을 좇고
금전적으로 여유가 있다" 말한다

당신은 주연배우를 고집할텐가?!

오뚜기 인생

편의점 사업을 해서
부도가 나 버렸다

한 푼 두 푼 노가다로
몸을 혹사해서 모은
사업 밑천에 갈증이
나도록 하는 돈의 말림

하늘이 무너져 버릴 것
같은 편의점 사업 실패에
주저앉은 이내 몸과 마음

절대로 주저앉을 수 없다는
운명이 눈 앞을 가리지만
이 모두 허락하지 않는
세상의 사회 물정

나
다시 일어서련다!
나에게 가난과 생활고는 없다는
마음으로 오뚜기같이 우뚝 서리라

한 번 쓰러지면 다시 일어나고
두 번 쓰러지면 두 번 다시 일어나고
언제나 끝까지 주저앉아도 오뚜기같이
매번 꿋꿋이 일어서련다

비너스의 나르시시즘*

물거울이 쏟아지는 어느 저녁

나는 보았네 우물 속의 나의
모습을
보이지도 들리지도 않는
적막 속의 한산한 고요를…

님이 왔다가 물끄러미
지켜보면서 눈을 비볐네

깊은 우물 속
여우 골이 스며있는
기괴한 형상의 형상들

볼수록 찬란한
우물가의 내 모습

나는 보았네
세상에 나보다 귀엽고 예쁜
모습인 누가 있단 말인가!

술에 취한 듯 물에 물 탄 듯
여며지는 나의 아름다운 비너스의
향기를…

*지나치게 자신이 뛰어나다고 생각하는 자아도취적 성격이
나 행동

사랑의 불쏘시개

사랑의 시작은 뭔가 이글이글거리게
타오르게 하는 불쏘시개 같은 것

불쏘시개에 불을 붙여 온 세상에
환하고 따뜻하게 사랑을 심어보자

누군가 누구를 위해 모두가 다른 모두를 위해
사랑의 불쏘시개에 불을 붙이면
그 불덩어리 모두 모여 사랑의 횃불이
되리

활활 타오르는 저 사랑의 불꽃은 시간이
가는 줄도 모르고 황홀하고 찬란하게
온 세상을 환하게 비춰주리

그러나 이 아픔
그렇게 황홀하고 찬란하게 피웠던 불꽃이
언젠가 지기 마련이니 그 사랑 가는 것이
못내 아쉽구나!

아
짧아서 아프고 아름다운 사랑이여!

눈 덮인 들판

한겨울 함박눈이 소복소복
나리어 온 들판을 덮습니다

눈 맞은 나무들과 담장의
넝쿨이 시퍼렇게 아픔을
달래고 있습니다

거리에는 쏟아지는 눈에
시달려 실내에서만 지내는
인파들이 대부분입니다

멍멍멍 짖으며 혈기 왕성한
개 두 마리가 눈 덮인 들판에서
쫓고 쫓기며 이리저리 나뒹굴어
다닙니다

이 배경으로 쓸쓸한 미술 작품의
한 조각이 완성되었습니다

오리 떼

성당못 벤치에 앉아 바람결에 두둥실 떠다니는
오리 떼들, 날지 못해 날개만 퍼드덕거리는
것을 본다

못의 주변에는 낮달이 비쳐 호숫물이
금빛인 양 반들반들하고 잔물결의 파문에
고요함이 느껴진다

양발을 살금살금 젓고 날개를 붕붕
띄우듯이 떼를 지어가는 오리 떼들

옛적의 광대가 줄타기하는 듯 마냥 퍼드덕거리면서
발 한 쪽씩 번갈아 물에서 살짝 들어 올리는 듯
거문고의 현을 타는 듯 물 위를 살짝 올라타는 듯하다

마치 부드럽고 우아하고 아름답게
연주하는 것 같이 물오리 떼들이
떠다닌다

죽은 아버지의 한

어이할꼬 아버지의 죽음

꽃상여 매고 가는 망자의
한 지기 고통의 소슬함

이다지도 비참한 최후의
어둠의 먹장구름

그네 인생 칠십
한을 머금고 가난과 고독에서
헤어 나오지 못했던
불우하고 불행한 인생길

장례식장에서 소록소록 울부짖는
한스럽고 애절한 인생의 발자취

이 생애 지나면 단 한 분뿐인
나와 아버지와의
비통한 연분

열매 같은 쓰디쓴 적멸의 고통과
연옥의 고통을 내디디며 돌아가신
망자는
꽃상여에 주검을 의지한다

겨울날의 꿈

나의 꿈은 추운 날씨에
모든 사람이 실내에서
따뜻하게 생활하는 벽난로가
되는 것이에요

나의 꿈은 바람이 몹시 불고
추위가 찾아와도 포근하고
두툼한 파카가 되어
사람의 몸을 따뜻하게
입혀 주는 것이에요

나의 꿈은 경음악이 흘러나오는
카페에 앉아 따뜻한 아메리카노
커피를 마시며 겨울 바다를
바라보며 영혼의 부활을
노래해 보는 것이에요

나의 꿈은 산속의 길섶에서 흩날리는
눈보라에 자작나무가 나란히 서 있는
겨울 산의 경치를 맛보는 것이에요

이렇듯 내 겨울날의 꿈이 이루어지기를
마음속에서 간절히 바라요…

겨울 산의 설경

어느덧 겨울이 다가오자 겨울 산의
정취가 그리워 산행하기로 했습니다

등산복을 입고 워커에 아이젠을
부착한 뒤 뿌드득뿌드득 소리에
발맞춰 한 걸음 한 걸음 산을
오르고 있습니다

눈 덮인 겨울 산을 오르며 아작아작
달아나는 꽃사슴, 담비, 다람쥐를
보니 겨울 산이 무척 아름답게
다가왔습니다

겨울이면 왠지 그리워지는
눈 덮인 겨울 산은 아이맥스
영화의 입체감과 비교할 수
없을 정도로 한 폭의 풍경화를
보는 듯한 파노라마를 연출합니다

쏟아질 듯 내리는 함박눈 속에서
산바람을 이기지 못하는 눈은
비스듬히 사선으로 눈앞을
가리는 듯합니다

지금은 2월 중순, 입춘이 지나갔습니다

내년 겨울이 오기까지 눈 덮인
산을 나 혼자서 마음속에 고이
간직하려 합니다

난동(暖冬)

올겨울은 유난히 추웠습니다
뼈만 앙상하게 남은 가지 위에 회오리치는
바람 소리가 무척 사납게 느껴졌습니다

연못의 물은 결빙되어 물고기가
못 안에 숨은 양 보이지 않습니다

추운 겨울에 흐린 날씨는 산책길을
걷는 사람들을 외면해 버렸습니다

일월의 소한과 대한의 한파는
우리들 마음을 꽁꽁 얼어붙게
해놓았습니다

그렇지만 나의 마음만은 유난히 따뜻한
겨울이었습니다

내 나이 쉰여덟에 손자를 보았습니다
응앙응앙 애기 우는 소리가 온 천지에
진동합니다

올해로 아내와 결혼한 지 이십오 년이
되어 은혼식을 치르기로 했습니다

유난히도 추운 겨울날 하느님이
기쁘고 즐거운 일들을 주시니
올겨울의 마음만은 활활 타오르는
뜨거운 화롯불 같았습니다

저를 미워하지 마세요
─불량스럽고 그릇되게 세상을 사는 인간상

나는요
공부에 취미가 없어 학업성적이
형편없어요

나는요
기술을 익혀 기술자가 되었으면 하는데
의지력이 부족하고 흥미를 느끼지
못 해요

나는요
회사 사장님의 스케줄을 담당하고
연락을 주고받는 일 따위를 책임지는
비서가 되었으면 하는데
도무지 업무에 집중하기
싫어해요

나는요
낮에 할 일을 싫어하고
파괴적이고 향락적인
밤의 세계를 동경해요

나는요
그러니까 깡패나 화류계에
종사하는 사람에 어울려요

그렇더라도 저를 미워하지
마시고 인간실격*에 빠져
불량스럽고 그릇된 삶을 산다고
동정해 주면 좋겠어요

*다자이 오사무의 소설 『인간실격』의 제목을 원용함

덩굴나무의 겨울나기

차디찬 겨울 날씨에 건물 벽의 덩굴나무가
세찬 바람을 견디고 있다

건물 벽을 휘젓듯 굵은 줄기가
가는 줄기로 갈려 하늘과 맞닿아 있다

건물 벽에 붙어 있는 덩굴나무는 마치 쉽게
끊어지지 않는 거미줄 같다

끈질기게 붙어 있는 그 생명력에 자연은
덩굴나무에게 너그러움을 선사한다
바람이 불지 않는 날씨에 햇살은 가까스로
다가와 양지를 이룬다

광합성작용을 하지 않는 나무는 물과 퇴비로
겨울을 나고 꿈에 그리는 봄을 기다린다

허영

그것은

항상 눈치를 봐야 하는 아슬아슬한 불안감

뉴욕의 번화가와 할렘가가 공존하는 괴리

비싼 대가를 치러야 하는 실속 없는 결과물

명품 외투 속에 입는 허름한 속옷과 양말

법정에서는 동일한 피고인이자 피해자*

사용 한도를 넘어선 구멍 난 신용카드

직업과 무관한 초대졸 여성의 뿔테안경

*허영을 부리는 사람이 옳지 않은 일을 해서 피고인이고 또한 허
영심을 부려 피해를 입게 되어 피해자라 함

가랑잎이 내는 소리

스산한 바람결 땅바닥에 떨어진 가랑잎

겨울 뜰에 서면 가랑잎의 진혼곡을 듣는 듯하다

가랑잎의 바스락 바스락거리는 소리는 왜
나를 쓸쓸하게 할까?

혹시 내 마음을 투사해서 이렇게
서글픈 소리로 들리는 게 아닐까?

아니야 그게 아니야!

켜켜이 떨어지는 가랑잎은
차곡차곡 쌓여 생의 막다른
길목에서 서로서로 마지막으로
'올드 랭 사인*' 같이 헤어짐과
다시 만남의 노래를 부르고
있는 듯하다

그렇다.
가랑잎이 내는 소리는 가랑잎의
영혼이 내는 소리다

*한때 이별과 석별의 정으로 불려진 스코틀랜드 민요

꽃구름 마차

나는 꽃구름 마차를 모는 젊은 마부

이 세상 모든 여인을
하늘나라로 모실게요

거기가 맨해튼 거리 하늘이든
프랑스 에펠탑 위든 서울의
남산타워 위든 기꺼이
마차로 모실게요

혹시 눈이나 비가 내린다면
기꺼이 우산을 받쳐드리지요

삯으로 받은 돈은 꽃을 선물하고 싶네요
아니 예쁜 옷과 구두도 선물하고 싶네요

혹시 나에게 호감이 있으면
악수를 청하고 싶군요

그렇게 될 수 있다면
노트르담의 꼽추가 되어도 좋아요

봄비

겨울이 지나고
만물이 소생하는
새로운 계절을 알리는
봄비가 내린다

추적추적 내리는
봄비 사이로
무슨 사연이 있는 듯
나는 거리를 헤맨다

오랜 사귐에서
결국 이별을 고한
가슴 시리게 하는
사연 많던 지난 겨울

이젠 가슴 시리고
쓰라린 아픔을 뒤로 하고
새로운 사랑을 바라는
실루엣 같은 봄비가 내린다

봄의 속삭임

겨울 동안
엄습한 어두운 추위는
바깥출입을 방해했다

이른 봄을 재촉하는
늦겨울의 비…
어느덧 봄을 맞아
사람들이 바깥나들이를 하고
거리에는 인파가 소곤거리며
활기를 되찾았다

봄의 활개를 알리는
벚꽃의 만발함

동면에서 깨어나
골골골 소리 내는
한 해 더 먹은
개구리

데칼코마니 기법*
두 겹 나비의
날개의 오묘하고 정치한
아름다운 결합에
들판에는 나비들이
아롱들이 수채화를
물들이는 듯하다

오!
아롱거리고 따사로운 계절
'봄'
아름다운 봄을 맞이하자

*종이 위에 물감을 두 겹으로 접는 기법

2부

강은 밤에도 흐른다

바람에게 말을 걸어 봐

하소연하거나 비밀이 있을 때
어느 누구에게든 말을 걸 수
없다면 바람에게 말을 걸어 봐

그러면 그 바람은 당신에게
'걱정 마' 위로하고 불청객을
녹다운시킬 거야

하소연하는 것엔 여러 종류가 있지

'내가 왜 이렇게 공부를 못 했을까' 하는 빨간색 하소연
'나는 왜 이렇게 돈벌이가 시원찮아 궁색할까' 하는 잿
빛 하소연
'마누라가 왜 자꾸만 바가지를 긁을까' 하는 핑크빛
하소연

비밀 중에서도 여러 종류의 비밀이 있지

생리 기간 중 속옷 사이로 **비칠락말락** 한 핑크색 생리
대 비밀

지적장애를 숨기기 위해 **똑똑한 채** 하는 지적장애인
의 비밀

회충에 걸려 몸속에 기생충이 있다는 부끄러운 비밀

하소연하거나 비밀이 있다면 **바람에게** 말을 걸어 봐

벚꽃과 목련꽃

이른 봄날을 재촉하는
하이얀 내음 날리는
봄날의 벚꽃을 보노라면
내 마음 촉촉이 젖어온다

겨우내 동면한 개구리 마냥
움찔거리지 않고 쉬어가는
벚꽃은 이제 막 전성기를 맞이해
피어 나리려 한다

산뜻한 이른 봄날 벚꽃이 봄의
시작의 종소리를 울리고 지워지려
할 때

'오! 목련화'
나의 봄 내음의 종소리를 다시
울리려 한다

한 떨기 한 떨기 피어나는 목련꽃은
향긋한 봄 내음을 자아내며 다시
한번 봄바람을 만끽하게 한다

그렇다!
서로에게 봄날을 알리는 벚꽃과 목련화는
봄날의 운치를 자아내는 화사하고
무언가의 캔버스의 터치를 그려내려 한다

그래 그때 난 그랬어*

대학교에 갓 입학해서 사귄
여자친구 J에게 예쁜 장미를
선물했지
그러나 그것은 순정이 아니라
헤픈 환심에 불과했어

데이트할 때 나는 오만가지 자랑을 했어
그러나 그건 진정한 자부심이 아니라
정성을 다하지 않은 나의 태만함이었어

여자친구 J가 나에게 이별 통보를 해왔지
그땐 난 영문도 모른 채
화를 내며 욕설을 퍼부어댔지

그래 그땐 난 그랬어
아, 그때가 다시 온다면 봄날의 벚꽃을 따다가
그녀 머리 위에 화관을 씌어주고
손가락에 꽃반지를 끼어서
'당신을 진정으로 사랑해요'라고 고백하리

그러나 그땐 난 그랬어

*〈Those were the days〉웨일즈 출신의 여가수 메리 홉킨의 노
래 가사 원용

강은 밤에도 흐른다

사람이나 개와 고양이인
포유류나 닭 같은 조류는
낮에 왕성한 활동을 하면서
밤에는 잠을 잔다

나무나 풀과 같은 식물도
낮 동안에 광합성작용을
하고 밤을 쉬이 보내고
돌맹이도 밤낮으로 고정되어
제자리를 메운다

그렇지만 산속 개울가에서
졸졸졸 흐르는 개울물이
밤에도 흘러 산속의
정밀함을 깨우고 폭을 넓혀
강물이 되어 흐르듯 쉬지 않고
흐르는 저 강물에 우리는
삶의 끈질김과 강인함을
느끼게 된다

밤낮으로 흐르는 저 강물은
결국 바닷물이 되어 끝없이
우리들의 이상향이 된다

실랑이 벌이기

내 손을 잡아 주실래요
나는 당신의 손길을
간절하게 바라는 어여쁜
한 마리의 여우

여우랑 사귀어 보실래요

나는 하얀 여우일까요?
검은색 여우일까요?

나에게 당신은 나의 손길을
간절히 바라는 하얀 꽃사슴

꽃사슴과 여우는 서로 궁합이
맞을까요?
맞지 않을까요?

산속 깊은 곳에 가서
같이 살아 볼래요?

무엇을 그렇게 어렵게 생각하시나요?

나는 당신의 손길을 바라는 하얀 여우…

망자의 한

가난한 어촌 마을에서 살다가 대처에 나와
갖은 고생과 피땀 흘려 여러 명의 무리를 꾸리고
건물 짓는 일을 해서 나름대로 성공을 자부하는
어느 수목수

생활고와 인생고에 늦게 결혼해서 가지게 된
애지중지 키운 외아들

아버지인 수목수가 작명소에서 지어 준 이름 '안한다'

초등학교, 중학교 다닐 땐 공부를 열심히 해
아버지에게 뿌듯함과 자식 자랑거리를 할 정도로
착실한 모범생이었던
'안한다'

그러나
대학교를 앞두고 고등학교에 입학해
어느 친구의 나쁜 꾐에 빠져
노래방에 가서 흥에 겨워 노래를 부르고 술을 마시고…

오로지 가정과 자식을 위해 뼈가 깎기는 노동을 하면서

살아온 수목수 아버지

삼류대학교에 갈 정도의 성적이 나오지 않아
전문대에 입학해서 마지막 외아들에게
희망을 걸어 보지만 마냥 유흥업소에 가서
술 담배 여자에 찌들어 인생을 낭비하는
아들을 보면서 속으로 '어이 할꼬 어이 할꼬'
땅을 치면서 통곡을 해 보지만
되돌릴 수 없이 방탕한 세월을 보내면서 살아가는
아들 '안한다'

아들 걱정에 속이 바삭바삭 타면서 한에 서린 술을
마시고 담배를 피우며 울분을 참지 못 하는
'안한다'의 아버지

피땀 흘려 모은 자산이 무슨 소용이 있으랴
나를 따르는 여러 무리의 권위가 무슨 의미가 있을까

술 담배 중독에 애비의 몸은 죽어가듯 사그라져 간다

아!
이 애비 망자의 한을 어이할꼬

야누스의 얼굴

나의 마음은 내가 봐도
도무지 알 수 없단 말이요

어떨 때는 한없이 선량하다가도
또 어떨 때는 악마의 모순덩어리
같소

나는 가끔씩 거울을 쳐다보오

한없이 밝을 때의 모습과
악마같이 흉측할 때의
그로테스크한 표정 사이에서
나의 본심이 뭔지 모르겠소

아예 대답 없는 그 거울을
치워 버리고 싶소
거울은 내가 천사인지 악마인지
나를 속이는 것 같소

소설 '지킬박사와 하이드'*에서
선량하게 살아가는 '지킬박사'와
악하고 흉측하게 살아가는
'하이드 씨'를 떠올릴 때
나의 내부 세계가 혼란스러워
지는 것 같소

그렇지만 나는 착하고 선량하게 살고 싶소
내 말 잘 들리오?

*선과 악의 이중성을 주제로 한 로버트 루이스 스티븐슨의 괴
기소설

THE POWER OF CLOTHES

사람이 입는 옷을 보면
그 사람의 직업을 알 수 있다

식당에서 셰프가 조리하면서
입는 옷을 보면
근사한 식사가 기다려진다

건설 현장에서 콘크리트 작업을
하는 인부가 입는 회색 옷을
보면 건물을 짓는 건설 인부의
땀방울을 더욱 가치 있게 한다

하얀 가운을 입은 의사
선생님을 대하면 깨끗한 위생과
고귀하게 병을 치료하는
천사를 생각나게 한다

버스 기사의 복장을 보면
버스 손님에게 단정함과
품위를 느끼게 해 버스 기사가
쾌적하고 안전하게 운전한다

군대에서 입는 군복은
군인들에게 사기를 높이고
용맹함과 애국심을 고취시켜
우리 대한민국을 굳건히
지키게 한다

이렇듯 의복은 사람이 하는
일에 의욕을 북돋게 하고
직업 의욕을 고취시켜
대단한 power를 내게 한다

6·25전쟁

아!
너무나 비참하고 애간장 나게 하고
피비린내 나는 살육과 부상의
여러 흔적들

8·15광복이 시작된 지 어언 5년
한반도에 평화의 물결이 트인 지
어언 5년

북한 괴뢰군이 남침하여
헐벗은 평민들의 피골이
상접되어 울부짓고
어둡고 무거운 그림자가
한반도를 뒤엎은 공분의
순간들

전쟁에 폐허된 산업시설과
부모를 잃고 굶주리고 마음의
상처를 입은 남한의 어린 기아들

누가 누구를 위해 폐허와
상처로 얼룩진 6·25전쟁을
일으켰단 말인가

6·25전쟁이 일어난 지 어언
70여 년

아직도 북한은 무책임하고
끔찍한 비극을 자초하는
무기를 만드는 데 혈안이
되어 있다

다시는 일어나지 않아야
하고 일어나서도 안 되는
남한과 북한과의 전쟁들

하회탈

천년의 미소가 서린 하회탈을 보소

얼마나 익살스럽고 소탈한지
무서운 모습이 전혀 없소

같이 춤이라도 덩실덩실 추자며
모두에게 권유하는 듯하오

어떤 권위나 위엄이 없이
아무하고나 같이 웃자며 권유하는
그 모습 좀 보소

나의 나이는 천 년이나 되오

그러나 나는 한 번도 찡그려 본 적이 없소

무엇으로 사냐면
같이 웃어 주는 사람이 있어 늘 반갑다오

나는 국보급 문화재인 아주 귀한 몸이오

언제나 안동을 찾아오는 구경꾼들이
나의 탈을 보고선 흥이 난다 그러오

우리 함께 더덩실 춤이나 추어 보오

흑기사와 백마 탄 왕자

백마 탄 왕자가 흑기사에게
"흑기사 너는 왜 까맣냐" 말한다

흑기사가 백마 탄 왕자에게
"흰색의 말을 타면 너의 속까지도 하얗냐" 말한다

백마 탄 왕자는 "나에게는 하얗고 하얀 부모님이 있어
온 천하를 호령하는 힘이 있다" 말한다

흑기사는 "부모님이 까맣지만
나에게는 불굴의 투지와 지략,
용맹성과 판단력이 있어 온 천하를 호령하고도 남아
온 우주까지 지배하고도 남는다" 말한다

이 말을 들은 백마 탄 왕자는
"나에게는 다섯 명의 여자친구가 있다" 비꼬아 말한다

흑기사는 백마 탄 왕자에게
"나의 영웅다움을 좋아하며 참 연정을 품는
단 한 명의 여자친구가 있다" 말한다

단 한 명의 진정한 동정(童貞)을 품은 흑기사는
결국 온 우주를 지배하기에 이르렀다

우주인의 모습

나는 우주인의 모습이 어떤지
상상해 본다

우리 지구인이 어찌 보지도 듣지도
어떻게 생겼는지도 모르는 우주인을 상상하련만
나는 고집스레 기록을 남겨보려 한다

지구인이나 우주인이나 먼저
보아야 하니까 눈이 있어야 한다

그리고 모두 들어야 하니까
귀가 있어야 한다

또 냄새를 맡아야 하니까
코가 있어야 한다

시각, 청각, 후각, 미각, 촉각…
그리고

지구나 우주나 짚을 땅이 있으니까
발이 있어야 한다

도구를 사용해야 하니까
팔과 손가락이 있어야 한다

영양 섭취를 위해 먹고 배설해야 하니까
입과 항문이 있어야 한다

또,

…

유모차

엄마가 아기를 유모차에 앉혀 놓고
달랑달랑 앞으로 나아갑니다

아기는 유모차 속이 온 우주인 양
젖병에 있는 분유를 먹으며
엄마와 세상 구경을 하러 갑니다

엄마는 차를 잘 모는 모범운전사이며
아기는 무임승차 하는 아주 귀한 손님입니다

자, 어디로 갈까요?

동물원에 호랑이, 사자, 코끼리, 원숭이, 물개를
보러 갈까요?

꽃구경하러 수목원에 가서 여러 가지의 식물들의
모습을 보러 갈까요?

아니면 아기님의 머리를 예쁘게 손질해 주는
미용실에 갈까요?

우리 보물단지 님이 가고 싶은 곳이 어디든
데려가고 싶어요

나이트메어
—악몽들의 가지가지

어둠 속에서의 칼부림 속에 섬짓한 피를 흘리는 괴한
살아서는 돌아올 수 없을 거라는 마지막 경고
너무나 아찔해 두렵고 소스라치는 오싹함
멀리서 다가오는 무서움에 질린 회오리바람
앞날을 예측 못 하는 무시무시함에 질린 공포
해머를 들고 다가와 나의 머리를 칠 것 같은 악당의
그림자
시간이 흘러도 지워지지 않는 끔찍한 사건들
빽빽거리는 소리를 내며 흉측하게 들리는 괴음들
귀신들이 출몰하는 강가에서의 흥건한 피 흘림
내가 있는 곳을 도무지 알 수 없는 어둠의 골짜기에
갇힌 나
악마가 칼을 들고 나를 찌르려 할 때 일곱 시를
알리는 자명종 소리
앗! 악몽이었구나

이방인

나는
이 세상을 유랑하는 이방인

어떤 상황이 닥쳐도 이 세상을
유유히 떠다니는 이방인

친한 친구 하나 없이 의지할 곳 없는
영원히 떠돌아다니는
이방인

누군가 나에게 호의를 보이며
손짓해도 이를 거부하는 이방인

세상의 빛을 보지 못하고 어둠 속에서
허우적거리는 이 세계의 이방인

인생의 황금기를 놓쳐버려
비탄 속에 빠져 있는 우울한 이방인

이 세상과 단절한 이방인! 이방인! 이방인!
영원한 이방인

용만이

나의 첫 배움터 초등학교에
발을 디딜 때 갓 태어난
용만이 박용만

이름이 얼굴 용(容)자에 일만 만(萬)
용만이는 얼굴이 만 개인 양
각양각색의 아우라를 나타낸다

이를 드러내면서 유머러스하게 웃는
표정이 마치 하회탈 모습 생각을
자아낸다

가끔씩 둘이서 만나 서문시장에서
순대, 납작만두, 떡볶이 등을
먹방의 주인공같이 얌얌얌
맛스럽게 먹으며 그릇을 비운다

타인과의 사이에서 문제가 생겨
마음의 고통이 있을 때
나에게 얘기하며 시름을 달랜다

뛰어다닐 때 팔을 설레설레 젓는
용만이를 보노라면 세상을 씩씩하고
굳세게 살아가는 소시민이다

사람과의 만남과 사귐은 하늘의 인연이듯
나와 용만이의 사이는 하늘의 끈과 같이
영원한 인연이기를 바란다

영원한 악동들

우리는 공부는 잘 못하지만
서로 의리를 맺고 친하게
지내는 사이예요

학급에서 제일 뒤에 앉아서
수업 시간에 공부에 별
흥미를 느끼지 못하는,
선생님이 보기에는 말썽쟁이랍니다

하지만 체육 시간이 되면
서로서로 단합해서 축구 시합에서
누구든 이기지 못하는 호랑이 같은
용맹함을 보인답니다

몰래 야동을 보면서
끽끽거리며 날 보라는 듯이
우등생을 조롱하는 불량학생이랍니다

선생님이 보기에 문제투성이 학생이지만
서로서로 매를 맞아도 같이 맞듯
끈끈한 유대감을 가진답니다

학교에서 땅따먹기 놀이를 해서
진 애들이 학교 근처 분식점에서
떡볶이랑 순대랑 야채만두 내기를 한답니다

함께 의리에 뭉쳐 죽으나 사나
의형제처럼 지내는
악동들이랍니다

고등학교를 졸업하고
대학생이 되고 사회인이 되더라도
함께 우정을 다져 온
영원한 악동들이랍니다

장마가 지난 뒤

장마철의 수마(水魔)가 지나고
화마(火魔) 같은 폭염의 시기가 온다
수마의 장마가 한반도를 덮쳐
많은 이재민을 낳고 농작물을 훼손하고
농민들을 눈물바다로 만든 직후
엎친 데 덮친 격 폭염이 찾아온다

연일 섭씨 33도에서 38도까지 치솟는 이 무더위에
사람들은 좀처럼 밖에 나가지 않고
에어컨과 선풍기에 의지한다

도로변 무더위에 아지랑이 솟아나고
습도 높은 무더위에
사람들은 무기력해진다

피서객들은 바닷가나 개울가나 해외로 떠나고
한바탕 소나기를 기대하며 이 무더위를
달래주기를 바란다

어느덧 새벽이나 밤에 귀뚜라미 소리가 들리기를 기
다리며
이 무더위가 물러나기를 바라고 밤낮으로 선선하고
낮에는 더위가 한풀 꺾이기를 기대한다

'오! 가을이여 더디 오지 마소서'

폭서

빙하가 녹아가며 지구가 온난화
되면서 여름이 유난히 덥다 한다

목에 거미줄이 감기듯 따갑게
내리쬐는 무더위에 온갖 생명체가
시름시름 거리며 여름 앓이를 한다

방 안이나 사무실에 갇혀
바깥에 나가기를 몹시 꺼리게 되는
폭염경보 상황

오토바이를 몰거나
산업현장에서 무더운 더위를 견디며
땀방울이 핏방울이 되듯
생존현장에서 절규하며 견뎌야 하는
폭서의 끔찍함

8월 중순이 되면 다소 시원해지는 기후가
지금 8월 중순까지 땀범벅이 되는
이상 기후의 상황

무분별한 산업발달로 인해
빙하가 녹아 생긴 온난화로 이 지구는
찜통 같은 더위에 온통 몸부림치고 있다

가재잡이

1985년경 중학교 이 학년 여름방학 중
아버지의 고향이자
큰아버지 내외, 작은아버지 내외,
고모 내외가 사는 능성이라는 마을에
놀러 간 적이 있었습니다

사촌 형과 사촌 동생, 그리고 나,
깊은 계곡을 올라가 돌로 둘러싸인
시냇가에서 가재잡이를 했습니다

돌로 싸인 시냇가의 괸 돌을 들쑤셔
흐린 물이 맑게 되었을 때
가재 등을 손으로 잡는 것이었습니다

나는 잡은 가재를 구워 먹자고 했지만
사촌 형은 간디스토마에 감염될 염려가 있으니
그냥 석방해 주라 말했습니다

나는 가재잡이가 너무 흥미가 있어
혼자서도 계곡에 가서
가재를 잡곤 했습니다

하늘바라기

어디선가 들려오는
슬픔의 한 울음

너와의 사랑이 보이지 않아서
나는 울고 있었다

그때 마침 하늘에서
비가 왔다

온누리를 감싸는
촉촉한 빗소리

사랑은 천륜이기에
거역할 수 없다는
영원한 축복

오늘도 하늘을
바라보면서
하느님께 기도한다

매미 울음소리

매미는
계절 중에 유독 무더운 여름날에 나무에 앉아
쨍쨍거리는 햇살 아래 맴맴맴 울며
세상의 시름을 달래주는 여름의 전령사

연달아 맴맴맴 우는 매미 울음소리는
기운이 펄펄 넘치며 울어대는 팝페라가수

10년간의 애벌레가 겨우 며칠 간의
유충이 되어 맴맴맴 우는 매미는
요절하는 비운의 운명자

수컷의 매미가 암컷의 매미를 유혹하며
사랑의 메시지로 온몸을 다해 필사적으로
우는 매미는 사랑의 구애자

여름이 지나고 가을이 오면 쉬 사라지는
매미 울음소리

아쉽구나!
너의 울음소리를 다시 들으려면
또 한 해를 기다려야겠구나!

멧비둘기의 모성본능

보름 전부터 아파트 정문 베란다에
멧비둘기가 날아와 고개를 정면으로
쳐다보다 말고 좌우로 고개를 돌리면서
몸을 뒤틀어 꽁지깃을 움직인다

가만히 보니 멧비둘기가 깊숙한 곳에
새끼를 까고 보호하고
있었던 것이다

그 비둘기는 주위를 경계하며
철로 된 받침대에 올라앉아
군인들이 보초를 서는 것처럼
철통 경비 태세다

어머니는 비둘기에게
어서 자라서 여기를 떠나거라
말하시며 생명이 있는
새를 어떻게 할까 하신다

나는 이 세상의 모든 생명체의 깊고
희생 어린 모성본능을 생각해 보았다

물길 칠백 리

물길은 굽이굽이 흘러
칠백 리를 흘러간다

물속에 감기는 기암괴석
주야장천 쉬지 않고
흐르고 흘러간다

길기도 긴 강줄기의
여정 속에 강물이
줄줄이 흐르며
그 모습의 끈끈함을
나타낸다

칠백 리를 흐르는 것이
비단 물길뿐이랴

인생의 완숙함과 같은
물길 칠백 리

우리 모두 물길 칠백 리 같은
인생의 긴 도반을 살아 보자꾸나

소의 얼굴

소의 얼굴은 황갈색이다

언제나 우는 듯 슬퍼
보이는 커다란 눈망울은
선천적 울보

고삐가 달린 코는
거역할 줄 모르는
순종자

쫑긋거리면서 살짝
흔드는 귀는 주인에게
무언가 듣고픈 재롱

우뚝 솟아 있는
뿔은 화가 나거나
도살장에 끌려가
운명을 맞이할 때
내미는 최후의 비수다

나는 저 천진하고 우직한
소의 얼굴을 사랑한다

저는 부엉이 알람시계랍니다

제 나이가 얼마일까요?
주인님이 1998년 대구교동시장에서
저를 데려왔으니 25세라고 하고 싶어요

경쟁자인 해골 모양의 알람시계 말고
저를 선택했는데 아마 제가 우등생 같고
부리부리한 모습에 반했나 봐요

주인님은 항상 아침 7시에
타이머를 맞춰놓는데 꼬옥꼬옥 제시간에
'일어나세요 어서어서 일어나세요' 깨워야 하니까
제가 항상 먼저 일어나 있어야 해요

저의 먹이는 AA규격의 건전지인데
조금씩 조금씩 쉬지 않고 먹어야 해요

제가 주로 사는 집은 주인님 침대 곁
책상 위에요 때로는 주인님 취향에 따라
집이 조금씩 바뀔 때도 있지만
주인님은 침대 곁 책상 위의 집을
선호해요

저의 눈은 주인님 방이 어두울 때
주인님이 스위치를 누르면
노란 광선으로 눈을 반짝거려
시간을 알게 해줘요

저도 주인님을 좋아하고
주인님도 저를 좋아하니까
주인님이 살아있을 때까지 저도 오랫동안
살고 싶어요

상록수

사시사철 푸르름을 간직한 상록수
시도 때도 없이 변하지 않는 너의
한결같은 푸르름은 세월이 변한다 해도
변치 않는 지조와 고결함
태어남과 자람과 죽음에 영원히 푸르름을
잃지 않는 너의 성품은 믿음직함과 고귀함
수십 년 아니 수백 년 사는 너는
인간의 수명을 초월하는 영원함과
성숙함을 지닌 세상의 초월자
상록수 너는 우리 모두에게 간직하고픈
대자연의 아름다운 초록이자 청초함
사람들의 몸속에 상록수를 심고
물을 흠뻑 마시고 햇빛을 받으며
무럭무럭 자라보자

3부

텅 빈 거리 끝에서

새와 자유

새장에 갇혀 횃대 위에 앉아 있는 아름다운 새는
아무리 아름다워도
자유롭게 하늘을 나는 평범한 새보다 못한 것 같습니다

세상을 관조하듯 이리저리 돌아다니는 자유로운 새
새에게는 아무도 구속하지 못하는 하늘의
자유의 세계가 있는 듯합니다

사람들과 달리 새들은 추위와 더위를 피해 하늘을
옮겨 다니는 철새가 되기도 합니다

새들은 무한천공의 하늘에서
언제나 자유롭게 돌아다닙니다

새에게는 인간이 누릴 수 없는
하늘을 날아다니는 자유가
있습니다

새 떼들

저기 하늘에 저공비행 하는
새 떼들이 보인다

무리 지어서 이리 갔다 저리 갔다
마치 동서남북을 그리며 멋쩍게
비행하고 있었다

새 떼들이 하늘에서 햇살을 받아
움직이면서 내는 빛은
마치 호숫가의 윤슬같이 잔잔하고
물고기의 은비늘처럼 눈부시다

때때로 사방으로 휘몰아치듯이
저공비행 하는 새 떼들은
마치 하늘에 띄운 연처럼 바람막이를
하며 나는 듯하다

지상에서는 사람이 자유롭게 걸어 다니듯이
하늘에서는 새 떼들이 허공을 가르며
유유히 자유롭게 날아다닌다

쓰레기 수거함

이것저것 입다 보면
다 닳아서
쓰레기 의류 수거함에

이것저것 먹다 보면
찌꺼기가 남아
음식물 쓰레기 수거함에

이것저것 씻다 보면
때가 벗겨져
양잿물이 맨홀에

쓰레기 수거함은
새하얀 꿈의 나래

새하얀 꿈의 나래는
하늘에서 축복받은
천상의 열쇠

천사의 열쇠로
하늘 문을 엽니다

하늘 문이 열리면
온갖 금은보화가 쏟아져
파란만장한 세계가 펼쳐집니다

글 나와라 뚝딱, 은 나와라 뚝딱
뚝딱거리는 소리가 온 천지에 진동합니다

청춘사업

나는 a대 의예과에 다니는
A라는 남학생이랍니다

원래 IQ가 높고
뼈를 깎는 노력을 해서
입학한 의대생이랍니다

산전수전 겪으면서 영세한 식당 일을 하시는 부모님께
자랑스럽게 사귀는 여자를 소개해 주고 싶은데
그것이 참 어렵습니다

주근깨투성이인 조금은
못생긴 외모
까다로운 모난 성격
여대생에게 충족하게
해 줄 수 없는 금전적 사정에
매번 소개팅에 실패합니다

20대 청년의 최대 관심사
청춘사업에 찬물을 끼얹는
여러 가지 딜레마에 빠져
전공 공부에 지장을 줄 정도입니다

학업 공부냐 여자친구 구하기냐
이내 20대 청춘은 중심을 잡지
못하고 갈팡질팡합니다

이것이 나만의 고민이 아니기를
동류애를 가지는 20대 의대생이
많기를 바란답니다

아! 그냥 지나치기에는 아쉬운
청춘사업

가 본 적은 없지만 교회에 가서
묵상하며 기도하고 싶은 심정입니다

텅 빈 거리 끝에서

친구들과 술자리를 파하고
나는 혼자 텅 빈 거리로 걸어가고 있었다
술자리에서 오고 가는 말들은
나에게는 온통 부담되는 말뿐이었다

누가 어떻게 얼마를 벌었으며
누가 어떤 자리에 올라 권력 있는 사람이 되었다는 등
온통 돈, 출세 이야기로 가득한 이야기였다

그따위 세상사는 나에게는 별로 관심 없는 것들이었다

밤거리엔 술과 여자로 호객행위를 하는 불량청소년
밤길에 술주정하며 연신 욕을 해대는 취객꾼
밤늦도록 영업하는 노래방들 식당들
죽음을 무릅쓰고 고속을 즐기는 오토바이 폭주족

왁자지껄한 이 세상에 나는 나에게만 맞는
나만의 세상이 있었다

그곳은 누구와도 타협하고 싶지 않은 나만의 공간이었다

나도 모르게 문득 찬송가 한 구절이 떠올랐다

'그곳은 빛과 사랑이 언제나 넘치옵니다'

텅 빈 거리 끝에서 찬송가 '저 높은 곳을 향하여…'

가정이라는 이름

부모님의 사랑과 애정으로 나는 이 세상에 태어났습니다
태어나니 누나 하나 그리고
내가 막내아들 장남이었습니다
누나는 나를 남동생으로 귀여워해 주며 따뜻하게 대해
주었습니다 내가 코흘리기 시절 플라스틱 조립 장난남도
사 주고 초등학교 때 엄마 대신 따라다니며 심부름을 해주
었습니다
내가 초등학교 시절 때 아버지는 생일 선물로 케이크와
하모니카를 사 주신 것이 기억에 남습니다
엄마와의 추억은 겨울 김장할 때 손수 해 주시던 김치에
참깨를 뿌려 밥 먹던 기억이 납니다
부모님이 '모음(母音)'이라면
우리 남매는 '자음(子音)'이겠죠?
하루는 집에 가스(gas) 밸브를 잠그지 않아서 사고가 날
뻔한 기억이 있습니다
밤에는 부모님, 누나와 함께 그 당시 인기 드라마였던
'수사반장'을 본 기억이 납니다

지금은 돌아가신 아버지, 결혼해 따로 사는 누나, 집에는 살아계신 어머니와 단둘이 살고 있습니다

어느 누구에게나 가정이 있고 기쁘고 슬플 때가 있고 태어남과 운명이 있는 것 같습니다

가정표 동치미 냉면

한여름
냉면 전문점에서
사 먹는 냉면 맛이
좋다지만

음식점의 비싼 냉면 가격은
생활이 빠듯한 근로자의
호주머니로 감당하기에는
버거운 게 안타까운 현실

동네 마트에 들러
4인분에 오천 원 정도 하는,
가정에서 라면 같이 조리해
먹는, 여름철 동치미 냉면
조리 세트는

삶은 달걀, 채 썬 오이, 열무김치,
무김치가 동치미 육수와 더불어
감미롭고 구수한 맛을 낸다

피땀을 흘려 고단한 생활에
금전적으로 부담이 덜한
'가정표 동치미 냉면'은
서민들의 삶을 한껏
풍요롭고 하고 위안을 달래준다

값비싼 냉면 전문점의 횡포에 맞서
실속 있는 '가정표 동치미 냉면'에
서민들의 여름은 즐겁고 여유롭기
그지없다

꽃네네 꽃네 꽃가게*

우리 집 근처에 꽃을 파는
꽃네네 꽃네 꽃가게

꽃네에게는 향기로운
꽃냄새가 물씬 풍긴다

꽃네는 국화, 장미, 카네이션 등을
돌보며 꽃네네 가게 일을 아버지와
함께한다

꽃네는 얼굴이 정말 예뻐 학교에서
남학생의 사랑을 듬뿍 받는다

꽃네의 관심을 사기 위해
학교 남학생은 꽃네네 가게
에서 꽃을 자주 사가곤 한다

꽃네가 사랑스러운 것은
꽃향기가 물씬 풍기는
꽃네네 가게 사장님 아저씨의
딸이기 때문이며
얼굴이 정말 예쁘기 때문이다

*'꽃네'라 이름 지어진 여자애네의 꽃집

Lovely 문고

아파트에서 걸어 나와
버스를 타고 시내에
내려 걸어서 5분 거리
보물단지 서점 lovely 문고가
나온다

소설 코너, 에세이 코너,
인문 코너, 웹툰 코너
시집 코너 등 교보문고
안의 밝은 조명과 더불어
책을 보며 사려는 사람들로
붐빈다

친구 사이, 다정한 연인 사이
서로 책을 구경하며 보람되고
값진 시간을 보낸다

시내의 여러 서점이 대형화되어
규모가 커진 지금 옛날의 조그마한
서점에서 느끼던 소박한 정감이
사라져 쓸쓸한 마음이 다가선다

핸드폰, 컴퓨터의 무한콘텐츠로
시간을 낭비하며 독서와 거리를
두고 지내는 요즘 현대인 세대

'책은 마음의 양식'이라는
말이 무색하게 느끼게 하는
시대의 풍조 앞에 교보문고가
지식의 보고를 굳건히 지키기를
바라 마지않는다

지체장애인과 그의 어머니

오늘 오후 성당못에 갔더랬습니다
유유히 둘레길을 돌다가 성당못을
둘레로 하여 벤치에 앉았습니다

벤치에 앉아 담배를 피우며 캔커피를 마시고
못의 웅장함과 고요 속에
빠져들었습니다

그때 마침 오그라드는 하체를
네모난 지팡이에 의지해
어설프게 걷는 아이와
그를 보호해 주는 어머니를
보았습니다

나는 그를 그나마 돌보아 주는
어머니가 없으면 어떻게 될까
안쓰러운 생각이 들었습니다

나는 그 지체장애인과 그의 어머니가
성당못을 돌다가 달나라에 갈 때까지
영원히 함께하기를 바랬습니다

돼지저금통

돼지 저금통에 쌓아 둔
십 원짜리 오 원짜리 동전은
나에게는 자장면 짬뽕 한 그릇

야끼우동도 먹고 싶어 자꾸
동전이 쌓이기를 기다린다

쌓이면 쌓일수록 기분 좋아하는
꿀꿀이 녀석

돼지저금통에 동전이 꿀꺽꿀꺽
쌓이면 동전 뭉치로 된 또 한 마리의
새끼 돼지가 태어나는 거야!

새로운 새끼 저금통이 분만해서
태어나면 더 큰 즐거움이 그 안에
담길 거야

마음의 저쪽

내 마음의 저쪽은
온통 그대 생각뿐이다

그대 생각의 저쪽도
온통 내 생각뿐이다

우리는 다정한 서로의 반짝,
반짝
합해서 한 짝일 따름이다

마음의 한 짝
온통 서로의 마음 하트(heart)일 뿐이다

서로 모여 사랑의 이야기를 속삭이고 싶다

바람이 속삭이듯 별이 속삭이듯 하늘이
속삭이듯 서로 속삭이듯 지내고 싶을
뿐이다

오
야릇한 하트(heart)여!
영원히
거룩히
………

소풍놀이와 달성공원

초등학교 시절
소풍놀이 가던 날이 떠오릅니다

꽃동산 새동산에 가서
꼬깔콘, 새우깡, 맛동산, 콜라, 사이다
소풍 갈 때 사가는
과자와 음료수

소풍 가기 전날
밤잠을 설쳐 가며
다음날이 오기를
꼬박 기다렸습니다

버스에 누구와 같이 앉을까
먹을거리를 함께 나눌까
소풍 장소는 어떨가
몹시 마음이 설렜습니다

미리 미래로 날아가는
타임머신을 타니
그곳이 달성공원이었습니다

나는 달성공원에 있는 동물과
언어가 소통되는 외계인이었습니다

시종일관 잠만 자는 사자는
이렇게 말합니다
'잠에서 깨어나 시장하니 먹을
고기를 달라'고 합니다

일본원숭이가 이렇게 말합니다
'나의 엉덩이가 빨개서 부끄러우니
파랗게 해 달라'고 합니다

……………………………

매일 소풍날이고 매일 달성공원에
가고 싶었습니다

시심(詩心)이 동(動)하여

사색과 관찰의 시간 속에
시심이 동하기 시작한다

시작(作)과의 문을 열기 위해
고요한 명상과 마음을
가다듬어 본다

시심이 동한다는 것은
고요한 물가에 조그맣고
동그란 돌 하나를 던져 파문을
일으켜 본다는 것

이리저리 마음을 움직여 보고
사색하며 영감을 떠올려
본다는 것

그 무엇보다도 명징한 비유를
비꼬고 또 비꼬아 보는 것

마음의 굴레를 벗고 또 벗어
돌올한 하나의 알맹이가 되는 것

주야장천 생각을 가다듬어 보는 것

이와 같이 시심이 동할 것이다

호미곶

포항시 남구 호미곶면
장기반도 끝에 위치한 호미곶

너는 무엇을 담고 싶어
그 거대한 손으로 하늘을 향해
오므리느냐

무슨 염원이나 평화를 담고 싶어
그 거대한 손을 오므리고 있나 보구나!

호미곶 바닷가의 여명을 배경으로
우뚝 서 있는 호미곶은 출렁이는
파도에 굴하지 않고 꿋꿋하게 서 있다

한반도 최동단에 위치한 호미곶은
사랑의 가슴마다 사랑과 추억으로
오래 남는 곳

사랑하는 연인과 함께 와서
데이트하며 호미곶의
추억을 담고 싶구나

아가에게

엄마 자궁에서 나온 지 얼마 되지 않은 어린 아가야
너희 부모님들이 때때옷과 편하고 예쁜 신발을 사 주
었구나
귀여운 외모에 어여쁜 차림새가 앙증맞도록 귀엽구나
행여나 다칠세라 바장바장 걷는 모습이
돌담을 두드리듯이 조심조심스럽구나
아가에게 다 큰 어른은 걸리버 여행기의 대인국 같구나

아가들아
친구들과 서로 싸우지 말고 친하게 지내거라
너희들도 성인으로 자라면 결혼을 해서 아기가 생긴단다
부모님 말씀 잘 듣고 앞으로 무럭무럭 자라거라

인간의 고독고

인간에게는 필연적이고 본능적으로
몸에 와 닿는 고독을 느끼는 것 같다

대화할 사람 없는 고독한
상황에 처해 있을 때
고독을 씹으며 무언가에
호소할 데가 없을 때
생은 필사적으로
몸부림친다

퇴폐적으로 담배를 피운다든지
술을 마시며 잠시나마
고독을 잊으려 하지만
그건 특별한 의미 없는 공염불

SUV를 몰고 도로를 누비며 스릴을 느끼다가
호프집에 들러 재즈 음악에 취해 보지만
고독과의 본질적인 해소엔
뭔가 부족한 허전함

경마장에 들러 마권을 구매해
한탕주의에 빠져서
채찍질 당하며 달리는 말을
갈기듯이 바라보며 sadism*을
느끼는 무미건조한 허탈감과
고독함에 빠진 사람들

이처럼 고독감은 어린애에게서
일찍이 젖을 떼어 내지 못하는
구강기**에 비견된다

*사디즘: 상대를 신체적으로 학대를 가하거나 정신적으로 고통을
주어 쾌감을 얻는 것
*프로이트의 〈발달단계 이론〉 첫 단계: 유아가 무엇인가를 물고
빨며 만족하는 시기.

인생을 꽃길로만 걸을 수 있나요?

제 가는 길이 편하고 좋아 보이네요
안락한 생활 걱정 없이 살다가 불쑥
불청객이 찾아왔어요

그건 신경과민에서 피어나는 섬망증일 수도
위장병, 폐병, 간염, 신장병 아니 그에 수반되는
암일 지도 모르겠네요

내 방에서 고요한 클래식 음악을 켜고
마음을 정화시켜 보고 있어요

그리곤 내가 살아온 길을, 생각을 더듬으며
차근차근 되뇌어 보고 있어요

평탄한 길을 걸어온 내 인생이 문득
위기에 봉착했을 때 그 심정은
너무나 비통하고 참담했어요

마음을 넓게 가지고 생각해 보기로 했어요
제 갈 길 가다 움푹 파인 흙탕물에
빠질 수 있다고 생각해 보기로 했어요

아니 흙탕물보다 더 깊고 위험한 웅덩이에
빠질 수도 있다 생각해 보죠
인생살이 '새옹지마' 아니겠어요?

이참에 기독교에 귀의하고 싶습니다
'믿습니다 아멘' 하면서…

꽃중년

내 나이 어언 오십이 세

하고많은 세월 동안
멋진 로맨스 몇 번
없었겠냐만 그건 다
지난 일이다

말 못 할 마음의 병
때문에 별다른
사연 없이 헛되이
보내 버린 내 청춘

내 나이 무릇 오십이 세요
더 이상은 바라지 않겠소

지난 일 다 잊어버리고
함께 섬으로 여행도 떠나고
등산도 하고 분위기 좋은
카페에서 차도 마시고

지난날 있었던 사연도 얘기하고
트로트 가락에 맞춰 멋있게
춤도 추고 노래도 부르고…

이삼사십 대 젊은이여
너희들은 너희대로 놀고
우리 꽃중년은 꽃중년대로
놀란다

꽃비가 내린다

겨울철 눈 내리는
계절이 지나고
함초롬히 꽃비가
내린다

개구리가 잠에서 깨어난다는
경칩이 지나고 벚꽃 피고
햇살 자락이 따사로이 꽃비가
나린다

우주의 대지를 감싸는
보슬보슬한 꽃비는
우리들의 마음속 깊이
환희에 빠지게 한다

이 대자연을 감싸는
꽃비여!

외로운 이내 여심

아!
타들어 가는 이내 몸의 여심
주체할 수 없어 몸이 타들어갈
듯하네

불경을 뇌어 새겨도 타들어가는
이내 마음 외롭기 짝이 없구나

80년대 최초의 애로영화 '애마부인'의
안소영처럼 비에 젖은 황홀하고
주체할 줄 모르는 이내 육신이여

불그스레 타들어 가는 이내 몸은
한 떨기 산딸기의 정초함

남정네에게로 타오르는 석탄 같은
욕망의 덩어리를 어찌 이겨내리…

외롭다는 것은 그립다는 것

직장동료들과 식사하면서
대화를 나누고 혼자 집에 들어온 후
멍하니 할 일 없이 허전할 때
나는 외로움에 빠진다

차근차근 생각하고 마음을 가다듬어 보니
그립다는 것은 외로움이 채워지지 않을 때
느껴진다는 것을 깨달았다

나는 이 외로움을 달래기 위해
그리워하는 이의 사진을 보거나
핸드폰으로 문자를 보낸다

외로움에 빠지지 않기 위해선 그만큼
소통해야 한다는 것

외로움이 채워지지 않을 땐 몹시 그리워해
보는 것도 좋을 것 같다

아득하다는 말

가까이 있지 않고
뭔가 기다리고픈
이내 마음

뭔가 빨리 다가올 것 같은
조바심에 지쳐버린
이내 마음

아득하다는 말이
나의 머리의 뇌리를
스친다

가까이 있다는 말보다
아득하다는 말은
내 인생 생활사의 존재감

아득하다는 말은
한 발짝 한 발짝 다가가
기대고픈 긍정의 뉘앙스

인간미가 느껴지는 사람

인간미가 느껴지는 사람의 마음은 따뜻하다
냉혹한 현실주의에서 그들은
약한 자에게 따뜻하게 손을 내민다

인간미가 느껴지는 사람은 가난한
자를 동정하고 연민을 느끼는데
이익에 급급한 사람들은 그런 사람을
외면한다

그들은 자기 과거의 무의식적 경험을
존중하면서 약한 자에게 마음속의
눈물을 뚝뚝 흘린다

석가모니가 그랬던가!
그분은 참혹한 자본주의 사회의
냉혹함과 매정함 속에서 한 떨기
거룩한 꽃이 되어 온 세상을 환하게
비추신다

인간미가 느껴지는 사람은 남을
따돌려야만 합격할 수 있는 입시지옥에
비통해할 것이다

아파트 엘리베이터에서 같은 동에
살면서 이웃사촌과 인사하면서
지내는 것

노점에서 과일을 파는 노점상이
안쓰러워 과일을 사 주는 사람

나는 그런 사람이 되고 싶다

남향집

겨울철 남향집은 태양으로부터
선물 받은 집

나는 햇볕의 따스함과 밝음 속에서
시집을 읽고 있다네

오!
우윳빛처럼 부요함이 느껴지는
방 안의 찬란함

나는 지금 방 안 라디오에서 클래식 음악을
낭만에 빠져 듣고 있다네

방 안 온 분위기가 우리에게 생글생글
반기는 겨울철 남향집

여름철 덜 덥고 겨울철 따사로운 남향집은
햇볕이 나에게 선물하는 집

녹음 아래서

사계절 중 여름이 짙은 수풀 사이에서
하염없이 우거져 가네

매미 소리, 개구리 골골거리는
소리, 찌르레기 찌르 찌르룻
거리는 소리에 녹음은 짙어져 가네

햇볕이 따갑게 내리쬐 뜨거운 여름
개울가에 옷을 홀랑 벗은 채 멱을
감는 초동급부* 아이들

평상에 앉아 부채질하면서
더위를 쫓는 아낙네와 어르신네

벼 이삭이 고개를 숙인 채
타작하기 전 농부의 시름을
잠시 달래주는 녹음 진 여름철 나날들

시나브로 여름은 짙어져 간다

*땔나무를 하는 아이와 물을 긷는 아낙네, 즉 평범한 사람을 이름.

인연

국어사전에서 '인연'이란
'사람들 사이에 맺어지는 관계'라 합니다

내가
○○대학교 평생교육원 문예창작반에서
만난 모 시인님과 모 학우와 매일 화요일
오전에 모여 수업을 듣는 게
인연인 것 같습니다

주로 오륙십 대이고 다른 지역이 아닌
대구나 인근에 살게 되어 모인 곳이
○○대학교 문예창작반인 것 또한
인연인 것 같습니다

이 교양강좌에 열의가 있어 꾸준히
몇 년씩 수강하는 사람들 다시 보는 것도
인연인 것 같습니다

단합이 잘 되고 좋은 사람과 만나 교제하고
도심 속의 삭막함에서 벗어나 가끔씩
임간(林間)교실로 풍류를 즐기는 사람들 많은 것도
인연인 것 같습니다

문예창작반에 등록해 시의 세계에 취해서
돈으로 살 수 없는 보물을 얻고자 하는 사람들 모
인 것도
인연인 것 같습니다

인간들 모두 여러 인연으로 사는 것
또한 인연인 것 같습니다

다시 태어난대도

나 다시 태어난대도 글밥 먹는
시인으로 태어나리

비록 가난할지언정 대자연을 노래하고
세상의 진리를 말하고 인간의 정서를
노래하는 시인으로 태어나리

시를 짓는다는 것은 시인이 종이 위에 붓 대신
펜으로 그리는 언어의 속삭임과 같은 것

시인이 되는 것은
물욕에서 벗어나 마음을 비워야 하는 것

글귀에 열정을 쏟아붓고 영감이 생길 때까지
이것저것 곰곰이 생각해 보아야 하는 것

돈과 권력을 뒤쫓는 자들이 비록 하찮게 여기더라도
뚜렷한 주관을 가지고 순수함을 바라는 것

나 다시 태어난대도 글밥 먹는
시인으로 태어나리